3080

Ye

POLLUX

ou

L'ÉCOLE DE LA VIE

FABLE

Dédiée à LL. AA. RR. les Petits-Enfants du Roi,

PAR

Mme LA BARONNE PAULINE HUBER.

POLLUX

OU

L'ÉCOLE DE LA VIE

FABLE

Dédiée à LL. AA. RR. les Petits-Enfants du Roi,

PAR

Mme LA BARONNE PAULINE HUBER.

1846

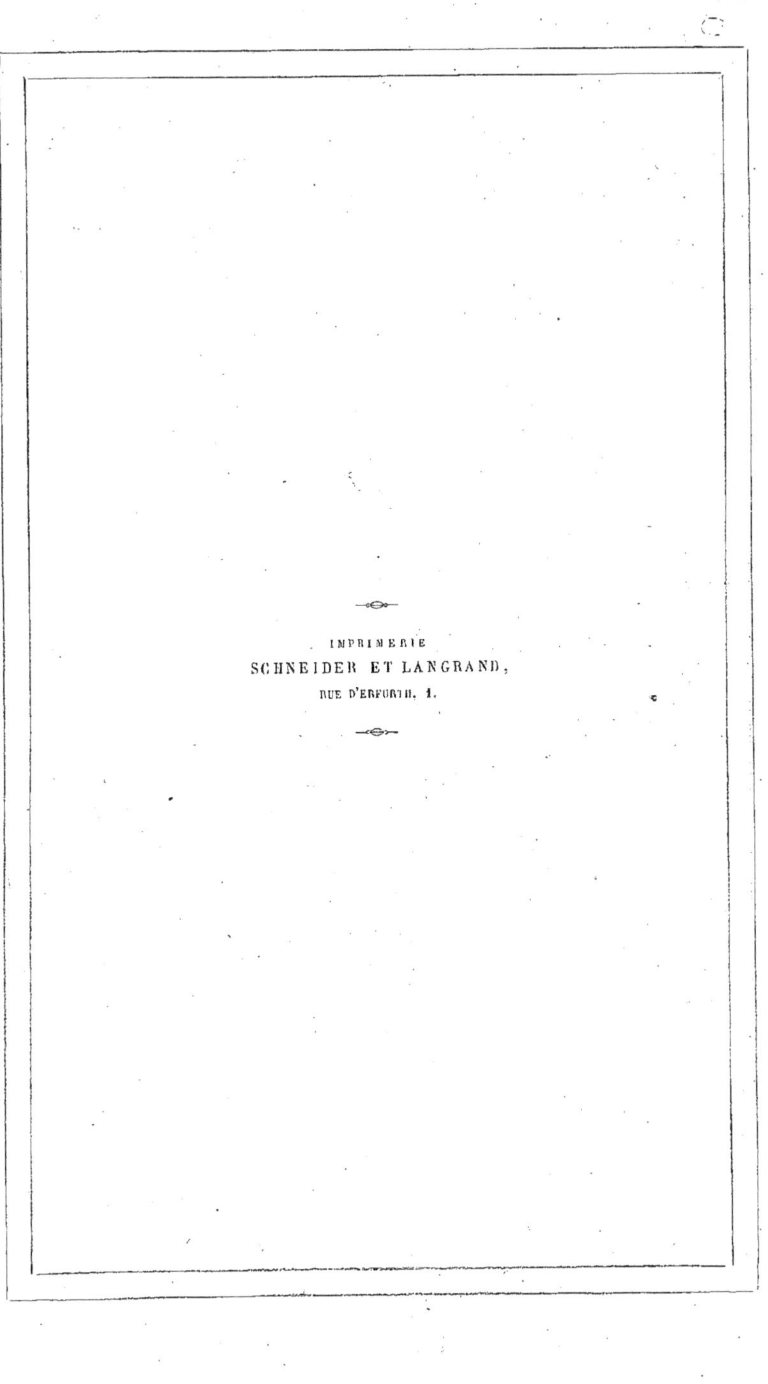

IMPRIMERIE
SCHNEIDER ET LANGRAND,
RUE D'ERFURTH, 1.

A

Leurs Altesses Royales

Les Petits-Enfants du Roi.

Mieux vaut faire envie que pitié.

Chacun jette une pierre
Au chien qui se noie.

(Vieux dictons.)

POLLUX

ou

L'ÉCOLE DE LA VIE.

FABLE.

Un beau chien doué de finesse,

D'un caractère honnête et doux,

Était encor dans la jeunesse ;

Charmant, il avait des jaloux ;

POLLUX.

De là, mille tracasseries ;

On lui cherchait mille défauts.

Sage, il bravait les railleries

Comme le passe-temps des sots.

Il espérait qu'une tendresse,

Répondant enfin à son cœur,

Le comblerait de douce ivresse,

Car, jeune, il croyait au bonheur.

Mais bientôt, de chances fâcheuses,

Il est accablé par le sort ;

On dit de lui choses affreuses :

Le malheureux a toujours tort !

D'un beau château, chassé bien vite,

Pollux, ton malheur est complet ;

Tu chéris ton maître, il t'évite :

Ton air souffreteux lui déplaît.

Pour le chien banni, plus de fête,

Sa vie est toute de douleurs,

POLLUX.

Le chagrin lui tourne la tête.

Un jour, les yeux baignés de pleurs :

« Pourquoi donc gémir davantage,

« A quoi me sert de vivre ainsi ?

« J'aime mieux tomber avant l'âge

« Que de mûrir dans le souci.

« Que l'homme attende, s'il espère,

« Une autre vie, un temps meilleur ;

« Au ciel, moi, je n'ai pas affaire,

« Finissons avec le malheur !....

« Hélas ! depuis l'adolescence

« Mon cœur sans cesse a dû souffrir,

« En vain à la reconnaissance

« Mon dévoûment venait s'offrir !

« Et malgré ma constante flamme,

« En amitiés, comme en amours,

« Pauvre chien, j'ai souffert toujours,

« Et comme si j'avais une âme ! »

POLLUX.

Il dit — et livre son destin

Aux flots de la mer toute blanche

Comme une nappe de festin.

Près de la vague qui se penche

Pour le bercer... dernier espoir !

La chienne, petite-maîtresse,

Le contemple et fuit sa détresse,

De crainte d'en rêver le soir.

Puis, un chat suit la même trace :

Mouiller ses pattes ! eh ! pourquoi ?

Pour un ennemi de sa race !

Que chacun, dit-il, pense à soi

Et songe aux siens. (C'était fort sage.)

D'enfants, vient un essaim bruyant,

Du plaisir, contraste effrayant

Auprès du malheur qui surnage ;

Pour le mal, ils sont tous d'accord,

L'air retentit de folle joie,

POLLUX.

Et chacun d'eux jette du bord

Une pierre au chien qui se noie.

A l'infortune, le tourment !

Et, dans une brillante vie,

La pierre que jette l'envie,

Princes, me semble un diamant.

44.